R

LE GRAND BAL
DE LA REINE
MARGVERITE,

FAICT DEVANT LE ROY,
la REINE, *&* MADAME, *le*
Dimanche 26. *Aouſt.*

En faueur de M. le Duc de PASTRANA
Ambaſſadeur Extraordinaire, pour
les Alliances de France &
d'Eſpagne.

A PARIS,

Chez IEAN NIGAVT, demeurant rue Sainct
Iacques à l'Imprimeur de taille douce.

M. DC. XII.

AVEC PRIVILEGE DV ROY.

LE
GRAND BAL
DE LA REINE
MARGVERITE,

Faict deuant LE ROY, LA REINE,
& MADAME.

A REINE MARGVE-
RITE voulut donner
& faire voire au Duc de
Paſtrana, le grand Bal,
auquel aſſiſterẽt le Roy,
la Reine, Madame, & les
autres Princeſſes.
La Salle eſtoit entourée de grands degrés
en forme d'Amphiteatre, où eſtoient aſ-
ſiſes toutes les Dames de la Cour. Il y
auoit ſur la Cheminée vn grand Daiz de
drap d'or, au deſſus duquel eſtoient les

A ij

chaires du Roy, de la Reine, & de Madame. Celle de la Reine eftoit au milieu des deux autres. A main droicte du Roy fe voyoient affifes fur des formes affez hautes, Madame la Princeffe de Conty, Madame la Comteffe de Soiffons, Madame la Ducheffe de Guife, & Madamoifelle de Vandofme.

Le Duc de PASTRANA, & l'Ambaffadeur ordinaire eftoient en vn fiege vn peu plus bas, enfemble les deux Freres du Duc, & autres Seigneurs de fa fuitte. Du cofté de Madame eftoit affife la REINE MARGVERITE; apres elle les deux Damoifelles d'Aumalle; & derriere la chaire de la REINE MARGVERITE, l'Ambaffatrice d'Angleterre, & Madame de Guercheuille derriere le fiege de la REYNE.

Les degrez qui eftoient derriere les chaires du ROY, & de la REYNE fe voyoient tous pleins de Seigneurs de la Cour, qui n'eftoient pas parez pour le bal, entre lefquels eftoit M. le Duc de Guyfe.

LE ROY eftoit veftu auec la cappe, la chauffe pliffée, & le co et à bandes en broderie d'or fur du vert de mer; Le bas de ſoye de meſme couleur, auec des gros boutrons de diamans, tels que ceux qui eſtoient deuant ſon courdon bleu, vne chaiſne de diamans qui faiſoit deux tours, La tocque de velours noir, & la plume blanche.

La Reyne eſtoit veſtuë de noir, portant vne chaiſne de groſſes perles ſur ſa robbe, vn fil de perles pour collier, & deux groſſes perles en poire pour pendants d'oreille.

Madame eſtoit veſtuë d'vne robbe de ſatin vert, couuerte de broderie d'or, la queuë trainante, & la grande manche pendante iuſques à terre, doublée de toille d'or. Elle auoit ſur ſa teſte vn gros bouquet de fleurs d'orpheurerie, plein de diamans: Son moule parſemé de diuers poinſſons de diamans, ſeuls, & aſſez gros, & le derriere de ſa houppe de fleurs de diamans, & tout le deuant de ſon corps de grandes enſeignes de diamans.

La Reine Margverite eſtoit veſtuë d'vne robbe de drap d'argent, auec la manche ouuerte en arcade, toute parſemée de roſes de diamans, comme le deuant du corps de ſa robbe. La houp-

A iij

pe couuerte de perles , & diamants, &
son moule plein de poinçons de diamans,
où pendoient de grosses perles auec vn
collier de gros diamans.

Madame la Princesse de Conty estoit
vestuë d'vne robbe à vertugalle de drap
d'argent, pleine d'yeux de queuë de Paon;
La manche de drap d'argent à boüillons,
de palmes en broderie d'or , & le corps
de mesme; Le moule de gaze incarna-
te, rayé d'argent; le deuant de son corps
plein de grandes enseignes de diamans;
la houppe de grosses perles, & de quel-
ques poinçons de diamans. Elle portoit
en main vn mouchoir de couleur faict
au poinct d'Espagne.

Madame la Contesse de Soissons e-
stoit vestuë d'vne robbe de satin noir à
vertugalle, couuerte de broderie de Iay,
la manche de gaze noire rayée d'or; sur
icelle deux fort grandes enseignes de
diamans, & sur le deuant de son corps,
grande quantité de pierreries.

Madame de Guyse estoit vestuë d'v-
ne robbe de velours rats vert à vertu-
galle, escarrée deuant & derriere, toute
couuerte de broderie d'argent. Le deuant de drap d'or & d'argent façonné.

196

Elle eſtoit toute couuerte de roſes de diamans, les manches, repriſes de bra-celets de roſes de diamants, auec vne bordure de groſſes perles à dentelles. La gorge eſtoit couuerte d'vne gaze fron-cée, parſemée de broderie d'argent; ſa mente de gaze blanche, auec des lacs d'Amour de fil d'argent. Elle ſe repre-noit à ſa houppe, & faiſoit deux arca-des ſur les eſpaules, bordées de dentel-les de groſſes perles. Sa houppe eſtoit toute parſemée de meſmes perles rem-plies de diamants, & ſon moule couuert de ſix ou ſept poinçons de fort gros dia-mans ſeuls; La fraize cloſe à grands paſſe-ments, comme les autres deux precedentes.

Madamoiſelle de Vandoſme eſtoit pa-rée d'vne robbe de drap d'argent à vertu-galle. La mente de gaze blâche rayée d'ar-gent: les manches, & deuant du corps, remplis d'enſeignes de diamâts; La houp-pe de groſſes perles en poire, entremeſ-lées de gros diamans pendants, & atta-chées par le haut ſeulement; Son moule plein de diamans en poinçons, auec vne fraize cloſe.

Les deux Damoiſelles d'Aumalle e-

ſtoient veſtuës de drap d'argent façonné
d'or. L'vne d'icelles portoit vne mente
de gaze blanche rayée d'argent, & auoit
les manches pleines de bracelets de pierreries, le colier de diamants, & de perles,
de meſme que la houppe, auec vn grand
bouquet de fleurs d'orpheurerie pleines
de diamants.

Les Damoiſelles de la REYNE eſtoient
toutes veſtuës de drap d'argent, & diuer-
ſement enrichies.

L'Ambaſſatrice d'Angleterre eſtoit veſtuë d'vne robbe de drap d'argent à fleurs,
le corps, & les manches couuertes de bandes de broderie d'or & d'argent, enrichies
de pierreries.

Toutes les autres Dames eſtoient pa-
rées fort richement, & de diuerſes fa-
çons.

Les Seigneurs de la Cour qui s'y treu-
uerent eſtoient preſque tous veſtus de ce-
ſte façon. Ils portoient le collet, & les
chauſſes pliſſées à bandes, couuertes de
broderie d'or, & d'argent; La cappe de
meſme, chargée de boutons de pierrerie,
auſſi bien que leurs manches, & le deuant
du Collet; La tocque de velours noir,
                                    auec

auec le courdon plein d'enseignes de dia-mants, & la mule de broderie, conforme à l'habit.

Les violons estoient en grand nombre sur vn Theatre qu'on leur auoit dressé, sur le bout de la porte de la sale par où l'on entroit.

Ils commencerent à iouer les branles sur les six heures du soir. Le R o y com-mança le premier branle auec Madame, suiui de tous les Princes, & Seigneurs parez, lesquels menoient les Princesses, & Dames, marchans sans obseruation d'aucun rang, ains selō qu'ils se ioignoient.

Ce premier branle acheué, le R o y se remit en sa chaire, & la R e y n e comman-da à M. le Cheualier de Guyse, de com-mencer à danser des courantes: Ce qu'il fit auec Madamoiselle de Vandosme.

Apres les Courantes, la R e y n e fit danser les Canaries à Madame auec M. le Marquis d'Elbœuf. Ce qu'elle fit auec tant de grace, & d'asseurance, qu'elle se fai-soit admirer de tous, & principalement des Ambassadeurs, & autres Seigneurs Espagnols, qui demeurerent tousiours de-bout, durant le temps que Madame dan-sa.

Monsieur de Breßieux, commença des gaillardes auec Madamoiselle d'Aumalle, qui s'en alla prendre M. le Duc de PASTRANA, lequel dansa la gaillarde de fort belle disposition, auec le manteau, & l'espée.

Le Duc estoit vestu de noir; le pourpoint, & le haut de chausse de taffetas; le colet de senteur noir, decouppé à grandes taillades, le manteau noir, & long, doublé de sarge de seigneur, le bas noir, le soulier de marroquin renuersé, l'espée, & la ceinture noire, les iarretieres auec de la dentelle d'argent, le chappeau sans panache, auec vn cordon de crespe. Tous les autres seigneurs Espagnols de sa suitte, estoient la plus part vestus de noir, & parez de chaisnes d'or & de pierreries.

Il s'en alla prendre en dansant Madame la Princesse de Conty, laquelle prit le second frere du Duc, qui apres auoir dansé auec l'espée & le manteau, alla prendre Madame de Guyse, qui prit le ieune frere du Duc. Iceluy apres auoir dansé comme les autres deux, alla prendre Madamoiselle d'Vandosme, qui prit M. le Cheualier de Guyse.

Cependant l'Ambassadeur ordinaire

alla flechir le genoüil deuant la REYNE, *198*
pour la prier de faire que Madame prît le
Duc de PASTRANA : Tellement que
Monſieur le Cheualier de Guyſe ayant
pris Madame, Elle alla prendre le Duc de
PASTRANA, lequel l'accompagna iuſques au bout de la ſale auec l'Ambaſſadeur ordinaire qui ſe retira. Le Duc de
PASTRANA eſtant demeuré ſeul auec
Madame touſiours teſte nuë, il fit en meſme temps que Madame vne grande re-
uerence au ROY & a la REYNE ; & a-
pres ſe tournant deuers Madame, il luy
en fit vne fort baſſe, mettant preſque le
genoüil en terre. Cela faict, il s'arreſta
tout court, & attendit que Madame com-
mençaſt à danſer, laquelle il ſuiuit touſ-
jours par derriere danſant de fort bon-
ne grace, & touſiours teſte nue.

Quand Madame euſt acheué de danſer, & ſe fut retirée à ſon ſiege, le Duc
continua à danſer tout ſeul, & en danſant
alla prendre la REYNE MARGVERITE,
qui s'excuſa, le priant de treuuer bon,
qu'elle luy donnât à ſa place Madamoiſelle d'Aumalle, Ce que le Duc accepta
tres-volontiers, & apres auoir danſé auec
elle il ſe retira. Elle alla prendre vn ſei-

gneur Espagnol, Cheualier de sainct Iacques, lequel prit Madamoiselle d'Anet.
A la priere de la REINE MARGVERITE,
elle prit vn Gentil-homme Prouençal, ap-
pellé M. d'Antibou, qu'on auoit choisi
parmi toute la trouppe, pour estre fort
dispos à la danse. Ce Gentil-homme dansa vne gaillarde par haut à Caprioles, &
entre-chats, auec vne belle disposition,
& vne autre auec Madamoiselle de Fon-
taine Chalaudray: Apres luy dansa M. le
Marquis de Rhosni.
    Les gaillardes acheuées la REYNE
commanda à MADAME de recommencer
vn branle auec le Duc de PASTRANA:
Ce qu'elle fit, suiuie de Monsieur le Prince de Ioinuille qui menoit Madame la
Contesse de Soissons, & les Seigneurs pa-
rés les autres Princesses, & Dames; parmy eux estoit le second frere du Duc de
Pastrana, qui menoit la Contesse de
Rochefoucault, belle Dame, & qui estoit
vestue d'vne robbe de satin incarnat à
fleurs d'or, la teste, & le deuant de la robbe couuerte de pierreries. Durant tout
le temps que le Duc de Pastrana dansa
auec Madame, il ne la prit iamais par la
main, ains seulement par le bout de sa

grande manche pendante. Le branle
acheué il ramena Madame en sa place,
où l'ayant remise, il luy dit *Que c'estoit la
derniere fois qu'il esperoit d'auoir l'honneur de
danser auec la Princesse d'Espagne sa Mai-
stresse.*

Cela faict il se remit en sa place, &
peu de temps apres Monsieur le Prince
de Ioinuille luy fut dire de la part de la
REINE MARGVERITE s'il vouloit
prendre la peine de s'en aller faire collation, & pour cet effect passer à la salle pro-
chaine, où elle estoit preparée, Ce qu'il
accepta.

A ceste collation assisterent le ROY,
la REYNE, MADAME, & tous les autres
Seigneurs & Dames.

C'estoit merueille d'en voir l'appa-
reil, les raretez, & les somptuositez vraye-
ment Royalles, outre le nombre infiny,
& presque incroyable de vaisselle d'or, &
d'argent, qui s'y voyoit, laquelle on pou-
uoit plustost regarder que priser; Aussi
est-ce le propre de ceste grande PRINCES-
SE parmy toutes les vettus, dont elle est
embellie de cherir particulierement celle de la Liberalité.

FIN

Extraict du Priuilege du Roy.

PAR grace & priuilege du Roy, il est permis à IEAN NIGAVT Marchand Libraire à Paris, d'imprimer ou faire imprimer Vn Discours intitulé, Le Bal de la Reyne Marguerite, faict en presence du Roy, de la Reine, de Madame, & de Monsieur l'ambassadeur d'Espagne. Et deffenses sont faictes à tous Imprimeurs, & Libraires de ce Royaume d'imprimer ou faire imprimer ledit Discours, sans le congé & consentement dudict NIGAVT, pendant le temps & terme de trois ans entiers & accomplis, à peine de confiscation des impressions qui en seront trouuees, & de trois cens liures d'amende applicables la moitié au panures & l'autre moitié audit Nigaut & de tous despens, dommages & interests, Comme plus amplement est contenu, & declaré és lettres dudit priuilege. Donné à Paris le 7. Septembre, mil six cens douze. Et de nostre regne le troisieme.

Par le Conseil.

Signé,   BRIGARD.

www.ingramcontent.com/pod-product-compliance
Lightning Source LLC
Chambersburg PA
CBHW061633180626
46818CB00005B/2359